김동심 시선

설국

雪菊

푸른솔

김동심 시선
설국 雪菊

2024년 4월 5일 초판 인쇄
2024년 4월 15일 초판 발행

저자 김동심
발행자 박흥주
발행처 도서출판 푸른솔
편집부 715-2493
영업부 704-2571
팩스 3273-4649
주소 서울시 마포구 삼개로 20 근신빌딩 별관 302호
등록번호 제 1-825

© 김동심 2024

값 20,000원

ISBN 979-11-979876-7-0 (03810)

김동심 시선

설국

雪菊

푸른솔

머리말

봄 향기에 발길 옮기는 곳마다 들꽃들이 오색 태양 빛과 어우러진다. 하늘 가까운 듯 세상을 물들인 자연이 하염없이 경이롭다. 일상으로 늘 마주치는 우리, 참으로 귀한 시간인 걸 느끼지 못하고 이기적으로 살아간다. 상대를 배려하는 마음은 천심이다. 옷깃만 스쳐도 인연이 오백 겁이라 하는데, 한 겁이 산 하나를 깎아내는 것이라고 하니 그만큼 사람과 사람의 관계가 소중하다는 말이다. 우리의 삶은 금반언禁反言의 원칙을 무시하며 몇백 년이나 살 것으로 착각하는 어리석음을 채 알기도 전에 생이 끝난다. 자신이 한 말을 뒤집지 말고 인연을 소중히 해야 행운을 맞이할 수 있을 것이다.

언제나 나를 응원하고 지지해주는 사랑하는 나의 아들 윤정원에게 신의 축복을 기원하며, 늘 아낌없이 좋은 책을 낼 수 있도록 지원해 주신 도서출판 푸른솔 박흥주 대표님께 감사드리며 푸른솔의 번영을 기원합니다. 오랜 세월 한결같이 모든 책 수익을 기부하는 뜻에 동참해 주신 독자 여러분 감사합니다.

2024년 3월 김동심

시와 인생 - 《모정의 강》에서 발췌

인생이란 고달픈 여정의 길이라고 합니다. 이 세상 그 누구도 인생을 한 번쯤 연습으로 살아볼 수는 없는 것입니다. 그러기에 세상에서 어둡고 슬픈 사람들이 이승을 고해라 말합니다. 저는 그 고해 속에서도 언제나 희망을 버리지 않았고 나에게 찾아온 고통이나 절망을 스스로 설득시키며 살아온 삶을 통하여 시를 써왔습니다. 그러기에 신은 저에게 시를 쓸 수 있는 축복을 주신 것 같습니다. 한 편의 뜻 있는 시를 완성하기까진 참으로 힘든 시간이지만 뇌수가 마른다 해도 시를 쓰고 있는 시간이 가장 행복합니다. 시를 생각하고 있노라면 제 마음은 번잡한 세상에서 벗어나 유년의 순수한 그 세계가 맑은 샘물처럼 흘러 돌아 가장 인간적인 아름다운 감정으로 추억의 그림자들을 생각하게 됩니다. 또한 사랑하는 가족들과의 기쁨, 슬픔, 죽음과 이별의 아픔 속에서 가슴속에 녹아 있던 삶의 소리와 자연

을 가지고 시어로 승화시키는 가치 있는 그러나 때로는 고군
분투하는 창작의 고통을 즐기고 있습니다. 공자는 아들 백
어에게 말하기를 "너희들은 왜 시를 읽지 않느냐? 시를 배우
지 않는 사람은 마치 담벽을 보고 마주 선 것과 같다"고 했
습니다(논어 양화편). 편협하고 배려가 없이 꽉 막힌 자신의
이익만 추구하는 소경 같은 사람이란 뜻일 것입니다. 시란 생
각이 흐르는 감성과 마음속의 눈과 거울이며 인간의 감정을
아름답게 표현하는 문학의 지식이라고 생각합니다.

사람이 아름답게 살아간다는 것은 결코 어려운 일이 아닙
니다. 나 혼자만 소중한 것이 아니라 우리 모두 더불어 살
아가야 하는 세상에서 서로가 배려해 주는 마음속에 은
혜의 소중함을 알고 의리를 지키며 불행한 사람을 도울 줄
알아 실행을 한다면 그것이 아름답게 사는 것이라 생각합
니다. 이 세상에는 그 무엇도 영원한 것이 없으며 누구라도

순서 없는 죽음의 세계로 돌아가야 합니다. 한 치 앞도 모르면서 돈과 권세에만 아귀다툼인 일부 사람들은 가치 있는 일이나 보석 같은 사람을 외면해 버립니다. 사심으로 가득한 소경의 눈에 빛나는 마음이 보일 리 없겠지요. 몸소 체험한 경험이 학문이었습니다. 시란 사물에 대한 이해와 정신세계를 높이는 것이기 때문에 공자는 350편의 시경을 배우라 했던 것 같습니다. 공자 말씀이 아니더라도 각박한 세상에서 한 권의 시집은 마음속 소중한 양식이 될 것으로 필자는 확신합니다. 천국으로 가는 길도 미움과 사랑을 받는 일도 모두가 자신이 만드는 것입니다.

| 차례 |

Prelude

설국	돛단배	향기
성원이!	까치집	수염
치유의 산국화	그리움 I	

표지화 및 미술작품 작가
김상열 SangYeoul Kim
영남대학교 미술대학 서양화과, 동 대학원 졸업
2023 Wind Garden, Aught New York gallery, New York, USA
2022 DAC 올해의 중견 작가 선정
Collection: 국립현대미술관 미술은행 외

설국

그대는 어찌하여 봄 여름 가을

하늘만 보시다 낙엽 진 산속에 홀로

노란 꽃을 피우십니까?

따뜻한 봄 꽃들과 함께 피우는 것도 잊고

애끓인 기다림 너무 길고 서러워

엄동설한 설국이 되었네…

그 고통의 세월 나 아오니

눈 속에 핀 설국 더 빛나고 고귀해

코끝 찡한 솔 향기 품는 그 인내

가슴속 깊이 날 울리는 설국

그대 생은 나의 혼이었노라

정원아!

정원아!

부르기만 해도   ·

내 마음은 성인聖人이 되고

그립고 사랑스런 모습은

태평양을 사이 두고 먼 곳에 있어도

언제나 내 곁에 있네

선한 눈, 높은 코

훌쩍 커버린 너의 모습에서

끝없는 사랑의 샘물이

내 목을 적셔주고

정원아!

부르기만 해도

가슴은 뜨거워지고

어느새 두 손을 정결히 모아

너를 위해 간절한 기도로

사랑의 촛불을 밝히노라

치유의 산국화

봄부터 계절의 변화로

모진 비바람 맞으며 수림 우거진

만산 척박한 바위틈에 홀로

고귀하게 피어난 하얀 구절초

여정의 길에서 인정 없는

사람에게 받은 아픔과 상처로

나 이곳에 온 것을

회한의 뜨거운 눈물 흘릴 때

내 좋아했던 산국화 이 몸을 치유해

죽어도 결코 죽지 않는

지조의 꽃 가슴에 품어 살아 내었노라

돛단배

아들아
지금 어느 항을 가고 있는가

망망대해 돛단배
노를 젓는 마음과 손은
얼마나 두려움에 무거운가

닻을 내리는 그날까지
풍랑이 잠들어 있기를
간절히 기원하노라

까치집

무성한 잎새 파란 꽃잎처럼

하늘거린 메타세콰이어

12월의 바람과 모두 떠나갔다.

벌거벗은 나무 위초리 위에 까치집만 외로워

바람막이 되어주던 초록의 숨결

다시 돌아올 때까지

까치는 얼마나 춥고 고독한 기다림일까

나는 네 마음을 알고 있다

기다리는 날들이

참으로 긴 아픔인 것을

까치는 나무에서

나는 땅에서

새우처럼 구부리고

밤하늘에 반짝이는 별들 헤이며

까치는 북풍이 괴롭고

나는 기다리는 날들이 괴롭다.

그리움 Ⅰ

그리움에 아픈

눈이 시리도록 빛나

그림자도 없는

지루한 정오의 태양

어두운 밤이 기다려진다.

등불 없는 밤하늘

고요한 달빛

별들 반짝이며

노래하고 춤추듯

깜박거리는 별들 보며

내 안의 너를 만나

이야기하는 시간

그래도 행복했지만

그리움이란 모질고 고통스럽다.

향기 (문학 21 당선작, 2004)

지난 가을 떨어진 낙엽이

어느 새 땅속의 모태가 되어

향기 진 모습으로

온 세상을

오색으로 물들이고

소리 없이 내리는 빗물이

세상의 더러움을 흘러 보낸다

자연은 한 치의 거짓도 없고

우리와 약속도 어김없어라

사람은 모습도 마음도

모두가 변한다

신이 주신만큼 만

살다 한 곳으로 가니

물이어라! 한 줌의 흙이어라!

세상에서 살아가는 동안

욕심을 버리고

끝없는 나눔의 화두 속에

향기 나는 꽃을 피우리

수염

그대는 수염 난 사나이

고달픈 삶

한밤중 선잠깨어

시중도 마다하지 않았소

동지섣달 흰 눈 쌓인 밤

날 세워 간호하며

밤새워 기도드리고

내 몸보다 더 사랑했는데

그대는 수염 값도 못하는

사나이가 되어버렸소

나그네 같은 그대의 삶

당신을 기다리다

그만 외로운 나그네가 되어버렸소

김 시인은 "수염"에서 대상을 모두에 전제하면서 독자와 함께 시를 음미케 하고 있다. 이렇게 시를 진행시키는 경우는 시의 표현에 있어 자신감과 세련미가 있어야 돋보인다. 군더더기가 하나도 끼지 말아야 하고 일목요연하게 펼쳐져야 한다. 좀 더 주목하여 보면 차원 높은 서정성으로 매끄럽게 표현하고 있어 매우 돋보인다. 이 이상은 더 설명할 수 없을 정도로 시적 감성을 도출하고 있다. 이렇게 시를 읽는 순간 화자와 청자가 다 함께 즐길 수 있게 시를 쓰기란 그리 쉬운 것이 아닌데, 이 시는 독자들의 심금을 충분히 울리리라 미루어 짐작해 본다.

허용우 시인/극작가

바늘구멍

원앙금침 향 내음 하얀 깃에

초록빛 이불

나란히 누운 자리

내 등 뒤에서 긴 머리 쓸어주던

부드러운 님의 손길

말없이 떠나고

삭풍이 몰아치는

긴 겨울밤

바늘구멍에서 황소바람

들어온다.

그리움 II

눈을 감아도 웃고 있는 너의 모습

그리워하는 마음인데

내 눈엔 언제나 이슬이 맺히고

길을 걸어도 앉아 있어도

너의 모습 보인다.

일을 할 때도 꿈나라에서도

너의 목소리 메아리친다.

그리움에 가슴은 울렁이고

이 몸 저려오는 서슬에

거센 파도처럼 흔들리네.

The Longing

I see your smile, even though

I close my eyes

The longing heart

There's always dew in my eyes

Even when I'm walking or

Sitting, I see you.

Even when I work or

Sleep, I hear your echo.

Trembling heart with longing heart

This numbling body quivers

Likc stiff wave.

*미국 교포 독지가 보내온 영역입니다.

가슴

소리 없는 가슴

말 못 하는 가슴

소리 내려 하지만

메아리 없는 소리

넓은 가슴으로

그대들을 안으리

그대들의 잘못을

가슴에 안고 뜨거워 우는 소리

아무도 들을 수 없어

불 꺼진 어두운 밤

나는

별이 빛나는 우주를 향해 날아간다.

The Heart

Soundless Heart

Speechless Heart

Trying to make sounds

But sounds without echos

I'm embracing them

with my borderless arm

Their mistakes,

Hugging them makes

me cry and cry

No one can hear

No light, dark night

Me, Myself

flying into starry space.

*미국 교포 독자가 보내온 영역입니다.

시누이

물항라 겹저고리

손 누비고 잘 누벼서

이모 방에 걸어 두었더니

송곳 같은 시누 아씨

들랑날랑 다 찢어 놓았네

시누 아씨 시집갈 적엔

이바지 떡시루에

향기로운 쑥 나물 대신

월년초로

이바지 떡 만들어 주리라

아버지

사랑채 섬돌 위에 하얀 고무신
그 흰 고무신만 보아도
옷매무새를 고친다.

말없이 미소 지으며
보시기만 해도
나는 두 손이 모아진다.

아버지가 날 보고 웃으시면
내 가슴은 희망으로 가득 차고

아버지가 성내시면
지진으로 지구가 가라앉는다.

석양

새처럼 가냘픈

이 몸 보고

태산 같은 고통을

참으라고만 하네

오렌지빛 하늘에

지는 해가

원망스럽다

사랑

사랑이 아니라 필요한 것이지

필요하면 부드러운 말로

나를 황홀하게 만들고

필요하지 않을 때는

함부로 대하지

그러나 또 필요하면

어색한 표정으로 거짓말을 한다.

알고도 속고

모르고도 속는 것이

사랑이지

그 깊은 속의 비밀을 알려고

내가 죽는다.

어머니

떨어지는 낙엽 위로 보슬비가 내리고
그 위로 다시 서리가 내리고
그 위로 또 눈이 쌓입니다.

낙엽 내음이 사라지기도 전에
코끝이 찡한 눈 냄새가
눈물이 나도록 청명합니다.

눈이 녹을세라 바라보는 사슴의 눈망울이
다시 촉촉이 젖을 때
소리 없이 봄비가 내리고
대지의 숨 쉬는 소리는
내가 땅에서 왔음을 느끼게 해 줍니다.

자연은 가만히 있는데

변하는 계절이 보는 이의 희로애락을

마음대로 늘이고 줄입니다.

푸른 잎이 하늘을 가리고

돌아온 녹음이 만물을 들뜨게 해도

또다시 떨어질 낙엽을 생각하며

어머니는 소리 없이 눈물짓습니다.

동심초 I

낙엽은 하염없이 바람에 떨어지고

그림자 같은 당신은 만날 길 없네

님 떠나고 흘린 눈물이 강을 이루고

그대와 내게 있었던 모든 일은

이제 가지가지 추억으로 남으니

너무도 고요하고 외로워

눈물에 젖어 우네.

그대 기약 없이 떠나 버린 날

흰 눈은 하염없이 내리고 만날 길이 없어라

밤이면 꿈속에서 마음과 몸이 만나고

날이 새면 밀물처럼 멀어지고

바람도 흐느끼네

가슴속의 이 아픔에 나는 웁니다.

고독 I

그대들은 모를 거야

외로움이 얼마나 아픈 것을

밤이 되면

하늘의 별들과 말하고

날이 새면

베란다의 꽃들과 이야기한다

눈물이 흐르면

천상의 어머니와 말하고

그대들은 모를 거야

이 고통을

세상에서 제일 바보니까

이 슬픔을 날마다

가슴에 안고 노래한다.

고독 II

고독은 수도하는 것
고독은 고행의 순간이고
고독은 죽음으로 갔다가
나를 지혜로 가득 채우고
그리고 모두를 버린다.

비 그리고 고물 재봉틀

어제부터 잿빛 하늘에서는

줄기차게 비가 내린다.

늦은 봄

비를 기다리는 농부는 행복한 마음이지만

텅 빈 내 가슴은

축축한 빗속으로 굴절되는 쓰린 기억들이

어둠의 그림자로 떠오르고

사방에서 빗물이 흐르는 소리에

내 마음 끝없이 두려워진다.

어둠이 깔린 방

환히 등불 밝히고

빗속으로 흘러드는 고통의 시간을

고물 재봉틀로 희석시키며

한땀 한땀 박히며 내려가는 바늘자국은

순순한 내 영혼의 길

모든 것이 보이는 듯

힘차게 박아 내려간다.

숨 막히는 조용한 망각의 시간이 흐르고

핏빛 정열이 적막을 뚫고 용솟음친다.

붉은 자켓을 벗어 던지며

돌돌돌 더 빨리 미친 듯이 재봉틀을 돌린다.

접시꽃 어머니 사랑

연분홍빛 꽃망울 소담스러이
8월의 장대비가 한바탕 지나니
비에 젖은 접시꽃

비로소 하늘을 향해 마음 열고
분홍빛 치마폭 활짝 피어
꽃치마 주름 사이 웃음만 가득
빗물에 씻기워 마알간 잎새들
숲에 흘러드는 아늑한 향기
부드러운 바람 속에
자연의 시간 잡을 수 없는
세월의 덮개로 그 모습이 변한다 해도
가슴속에 피어 있는
접시꽃 사랑은 영원하리라

오늘도 꽃잎 아래 휘도는

소천의 물소리만은 맑고 깊구나

청송 I

굽이치는 산맥을 병풍 삼아

삼동에 피어 있는 설화

감동의 물결을 지나 신비스럽다.

기암절벽을 벗 삼아

북풍한설에도 잘 굽어 오른

푸른 노송의 물결

인적 없는 산마을 고적함까지도

기쁨으로 피어오른다.

봄날에는 색동저고리

여름에는 푸른 치마

가을엔 황금빛으로

그리고 겨울에는

어머니 하얀 품속에서 꿈을 심고

천년 푸른 주왕산 송화에

따듯한 등불 어룽져 흘러든다.

만질 수 없는 마음

빛나는 태양은 중천에 떠 있는데
용서할 수 있는 마음을 찾지 못해
아직도 자리에서 일어나지 못하고
보이지 않는 마음을 기다리고 있다.

내가 네 마음을
맑은 샘물로 씻을 수 없으니
어두워진 그대 마음은
진실이 보이지 않고
고달픈 세상에서
마음의 천국으로 가는 길이
멀게만 느껴진다.

오늘도 이렇게
숨어있는 네 마음을 찾으러
끝없이 흘러간다.

젊은 사랑

낡은 양철 지붕에 고요한 농촌
툇마루 광우리에 호미와 새끼줄
어지러이 놓여 있다.

등나무 그늘 길게 드리운 오후
농촌 적막을 덮고 노송에 감긴 빛살이
냇물에 반짝이어 수많은 불꽃이 별처럼 출렁인다.

녹 슬은 팔랑개비 산들바람에 팔랑거리고
들녘 가득 흐드러진 풋풋한 들꽃 향기
파랗게 피어오르니

언제인가,

그 여름 무지갯빛 부푼 만남

흘러가 버린 꽃구름

그 팔랑개비 같은

젊은 사랑이 빛과 함께 스쳐간다.

그만 돌아가자

세상이 그렇게 변해버린 걸 어쩌리

내일은 행여 다른 날이 올까

또 다른 해가 될까

기다려 본들

탈 쓰고 손으로 하늘 가리운

가장무도회 같은 주역들

보이는 것은 능개 속에서

모두가 미친 듯 명멸의 밤

이승의 삶

생과 사

우리 그만 돌아가자.

맵싸한 고추 향기

밤꽃 흐드러진 수묵의 산천으로

피멍 든 가슴

자연의 숨결로 덧나지 않으리라.

더러워진 마음들 묻어 버리고

그만 자운영꽃 피는

청보리밭으로 돌아가자.

그대는 나그네

바람이 부는 대로 떠도는 나그네

욕망으로 휘둘린 세상

머무는 곳에 마음 두지 못하고

작심삼일 떠돌이 병에

애끓는 여인아!

타는 저녁노을 동동주 향에 젖어

굿거리장단에 춤추며

되돌아갈 만리 길 잃어버리고

밤 서리 고단한 몸

바람 따라 구름처럼 흘러 도는 나그네

삼동이 오기 전에 돌아가려나

땅거미 어스름

나그네 발걸음 슬퍼지누나

무상한 인생

무상한 인생이라 허무하다 말하니
무상은 허무가 아니라 희망이라고 한다.

변하지 않는 것이 절망이라면
미친 듯이 너무 많이 변해버린
세상이 두려워진다.

모든 사물은 끊임없이 변하고
변해야만 새로운 것이 희망으로 떠오른다 해도
영원히 변하지 않기를 원하는 것이 있다면
사랑일 것이다.

그러나 그 사랑은 여름날 풀꽃처럼
많은 인연으로 소리 없이 애 끓인다.

사랑은 신이 인간에게
기쁨과 고통을 함께 내린 선물이다.
탄생이 있으면 죽음도 있듯이…,
그러므로 인생은 무상한 것이다.

가출 I

창밖에 백설이
소리 없이 내린다.

그러나 느끼는 정감은
순간이네
네가 이 무거운 돌짐을
내 이 가슴 속에
눌러 놓고 떠나는 날
홀로 우는 이 외로움
황혼의 세월이 몸서리친다.

백설이 내리는 하얀 속으로

네 몸을 감추어 버린

철없는 어린 님 그리다

백설을 한 줌 쥐고 오열하는 이 몸

무정한 어린 님의 그 마음이

내 생명 빼앗아갔네.

하얀 나비

옥빛 하늘 비단에

초록의 산

산수화로 열두 병풍에 수를 놓고

절벽에 기대어

끝없이 흘러내리는

은실에 엮은 수정 구슬

청산의 바위 이끼 사이

예쁘고 고운 유리 꽃 위에

하얀 나비 내 슬픈 영혼

새털구름 속을 나는

낭랑한 악기들의 합창 소리에

맑은 영혼은 춤추며 날아간다.

만추

깊고 그윽한 산속에

가을빛 고운 잎 한껏 가득하다.

하늘을 향한 천년 고목에서도

간절한 염원 피어오른 듯

떨어지는 나뭇잎도 바람에 날아오른다.

산 아래 정겨운 돌담 낮은 집

만추의 바람

대이파리 사각거리어 지는 노을이

추녀마루 노인의 주름진 얼굴에

슬프게 감긴다.

동백꽃

간밤에 내린 하얀 눈, 세상을 설원으로
백색의 절경 고적함까지 신비스럽다.

십여 년 전 고통의 바다 속에
나를 버리고 싶었을 때
동백꽃 몇 송이 달린 화분을
베란다에 놓았다.

북풍한설 몰아치는
대한大寒이 지난 이때가 오면
서설로 덮인 세상 아래
기품 있게 피어난 붉고 고운 동백꽃
가야 할 때를 아는가?

꽃잎 하나 시듦 없어도

송이째 뚝 떨어져 땅으로 돌아간다.

떨어진 꽃잎은 아직 너무 선연해

사연 많은 여인의 가슴속 만큼

빠알간 꽃잎이 깊고 애잔하다.

저동항에 매달린 쪽배
2008 ~ 2016

떡국

동그랗고 하얀 떡국
김이 모락모락 피어오르고
삼색 고명 가지런히 예쁘고 정갈해
숟가락 넣기가 망설여진다.

엄마와 언니가 떡 썰기를 했던 그때
어제인 듯 생생히 떠오른다.
그들을 위한 아픈 세월
바람에 연기가 된다 해도
미움 없는 사랑만 하리

나비가 날아오른 듯 샛노란 난꽃에
빛살 드리운 긴 그림자만 나와 함께할 뿐
삶의 기다림 늘 허기진 가슴
이 해도 소식이 없다.

온 세상 끌어안은 해님의 황금빛 옷자락이

따뜻하고 포근히 품어 안아주니

이처럼 소중한 존재인 것을

나 이제야 알겠노라.

고요한 설날 해님과 삼매에 젖어 드니

외로움은 평화로운 시간이었다.

가족은 있다 한들 없다 한들

인생은 고독이다.

가출 II

태풍에 바람 부는 날이면
하늘도 슬퍼한다.

바다와 푸른 산천도 출렁거리며
세상은 근심에 잠긴다.

어머니 가슴속에
흘러 도는 애끓는 바람은
파도 같은 한숨으로
부서지며 찢기운다.

오늘도

어느 하늘 아래서

어둠에 잠기어

비우지 못한 생각으로

집으로 가는 길을 잊고 있는가…

저동항에 매달린 쪽배

그들이 네 마음을
아프게 할지라도
괴로워 말라
아픈 기억 가슴에
새기지 말라

욕망으로 가득한 사람들
누구나 한 번쯤 피 끓여
가슴 적셔 울 때가 있다.

고해로운 항로에
어찌 파도 없이
건널 수 있으리

풍랑 일렁이는 날

저동항에 매달린 쪽배처럼

가벼운 사람들이기에

그대로 흘러가는

인연들뿐이다.

기본적인 양심도

사라진 세상

내일의 운명도 모른 채

오늘에 너무 오만하고

영화로운 그 시간들

지난밤 여름날

소낙비 같은 것이었다.

세월

봄 향기 아직 남아 있는데

녹음방초 여름으로 가는구나

잡을 수 없이 흘러만 가는 세월

검은 머리 검은 눈썹

백옥 빛 얼굴도 이제 시든 꽃이로다.

푸른 바람 은은한 꽃향기와 함께

짝을 찾아가는 하얀 나비

내 머리 위로 날아가네.

모춘은 저리도 마음껏 멋을 부리는데

이 몸 아직도 기다림에 목마르고

가족이란 소중한 인연들

우주의 뜻깊은 곳에

간절한 기도 드리고 싶네.

송편

곱게 빻은 하얀 쌀가루에
파란 쑥과 백년초 물들인
삼색 송편

고소한 참깨
부드러운 동부콩 속고물 넣고

기다림도 행복한 이 좋은 날
어느덧 해는 서산에 걸려 있고
솔잎 향기 머금은 반달같이 예쁜 송편
꾸덕꾸덕 굳어지니
내 눈에 이슬 맺힌다.

십오야 밝은 달만 은빛으로

세상을 가득 채워주는 자연의 법칙,

바다의 밀물이 스며들 듯

서운함은 뼛속까지 시리고

생각은 너희가 이해되지만

내 심장은 뜨겁게 뛰고 있다.

흩어진 마음 따듯하게 어루만지듯

환한 둥근달 국화꽃 찻잔에 얼비추고

어차피 인생은 홀로 왔다 홀로 떠나는 것,

고독한 추석은

나를 돌볼 수 있는

여유로운 숲속의 아침이다.

음과 양

우리는
너무 옹색히 앞만 보며 살아왔다.

이제 마음속 화원을 볼 수 있는
시간이 필요하다.

혼탁한 인간 세상
보이는 이익만 추구하는
거짓 속에
불쌍하리만치 비굴해져 가는 사람들
동전 한 잎도 못 가져가는 진리

무슨 욕심이 그리도 필요하겠나

타인의 마음을 헤아리는 심성으로

편협한 생각들

가을 하늘 흰 구름 속으로 보내니

자연은 또 꽃피는 계절로 바뀌고

음과 양도 돌고 돌며 속절없이 변한다.

생각과 방식이 어리석으니

좋은 직도 내려놓은 그 시절 영화도

여름날의 나팔꽃이었다.

당신이 그립네

추수가 끝나고 꽃잎 같은 단풍이

강산을 수놓아 가슴 설레게 하더니

바람같이 지나버린 가을

밤사이 하얀 신설이 아침을 맞이하네.

사랑했던 그대 떠난 후

십수 년 만에 보는 첫눈인데

아직도 당신이 그리워

눈 내린 뜰을 밟으니 뽀드득

적막강산에 신선한 소리가

가슴과 귀를 열어 놓는다.

톡톡 쏘는 겨울바람도

싱그럽기만 하는구나.

사랑했던 사람아

다시 만날 수 없기에 더욱 그리워

오늘 밤 꿈속에서 눈길 함께 걷고 싶네.

고목

산새 소리도 잠든 용문사
우뚝 선 은행나무
하얀 달빛 아래 외롭다.

그 사랑 떠나고
부귀영화도
연극같이 흘러간
바람이었나

뒤척이는 밤 지새니
새벽 목탁 소리
가슴속을 젓는구나

세상 보는 눈

깨우고 나니

나 고목 되어

하늘만 보며 서 있네.

설국雪菊

2017 ~ 2024

역마직성 驛馬直星

헤아리고 싶네
그대 마음을
역마직성 떠도는 것
님의 팔자라네

열흘 붉고 져버리는 목단 같은
속절없는 사랑아
계절 따라 피는 꽃들도
바람같이 세월에
소리 없이 날아가
시린 내 가슴
봄비 같은 눈물로 씻어내리어

기약 없는 그날

언제이려나

우리 사랑 맺던

그 다홍치마에

아픈 시간도

무심한 기다림

고이 접어 매어 놓아

그대는 지혜로 가슴에 묻고

나 수도하는 마음으로 살아보리

새옹지마 塞翁之馬

지금 당신

약하다 비관하지 말며

슬퍼 말라

그대 아직 살아갈 날들 푸른 산이로다

인생은 달빛처럼

늘 바뀌어 돈다.

혈연 같은 우정도

믿었던 님도

변할 수 있고 남이 되버린 세상

온상의 화초처럼 약해지지 말라

바른 생각으로 살아가노라면

보이지 않는 운명

늦가을 국화꽃 피어나듯

별 같은 행운

당신에게도 올 수 있어

그러므로 인생은 새옹지마라 했네.

소식이 잠기네

오늘도 소식 찾아
부두로 왔다.

다정하고 따뜻했던
지난 기억 지울 수 없어
그대 떠나고 참 많은 날
날아가는 새소리마저
슬프게 들었노라

구름처럼 밖으로만 떠돌아
세월 이기는 장사 없듯
시간은 당신을
더 기다려 주지 않으리

해는 또 수평선을 물들이고

오늘도 바다에 파도 소리와 함께

소식이 잠기네.

인간은 서로 신분의 높고 낮음으로 모두가 나뉘어 자신
들만의 성城이 따로 있다. 겉으로만 공존이며, 높고 낮
음이 없다고 떠들지만 민주주의 평등 그 모두 다 위선
으로 포장된 것을 우리는 서로가 다 안다. 인도의 카스
트 제도처럼 법만 정하지 않았을 뿐 그렇게들 살고 있
다. 지구가 멸망할 때까지 인간들의 부류는 결코 없어
지지 않으며, 부를 갖기 위한 욕망의 굴레 속에서 아귀
다툼의 세상은 영원할 것으로 본다. 욕심에 이기적인
자 돈 많다고 양반은 아니다. 나눌 줄 아는 천심을 가
진 자가 양반인 것이다.

끈 떨어진 매

높은 하늘에 흘러가는 먹구름

거짓을 일삼는 권력자들

천둥 번개로 벼락이 후려칠 것이다!

국민 혈세 펑펑 쓰는 망할 놈들

우산도 없이 빗속을 가야만 하는

나약한 사람들 보라!

빗물이 눈물처럼 흘러내리고

차갑고 축축한 더러운 순간도 이겨낸

국민이 정의로 목숨 바쳐 세운 나라

어둠 속 인간들

인생은 예측 없는 바람 같은 운명

오만의 끝에선 하늘이 보는 것같이

끈 떨어진 매처럼 회한의 생이 끝난다.

석굴암

유리관 속 부처님
바라보는데
공양 올리던 보살이
날 들어오라 하네.

가까이 마주 본 부처의
부드러운 미소
울컥 가슴 뜨거워지고
내 기도가 간절해
새소리 바람마저
잠든 듯 고요하다.

세상 모두를
부처님 귀하게 느껴지는
지금 마음처럼 살아보리

마른 바람

당신의 마음을 모른다 했나?

그렇게 떠나야만 했는지

이 세상 끝까지 함께하자던

그 약속도 무정히

바람도 메마른 이월二月

나 홀로 남겨두고

홀연히 떠난 님

그 추억이 바람 되기 전에

돌아온다면

나 그대 마음까지

씻어 주고 싶어

너무 긴 기다림 아닌

그 시간 원합니다.

기다림

태양은 어느덧 수평선 넘으니
님 싣고 떠난 뱃머리도 보이지 않고

갈매기 둥지 찾는 울음소리
해 저문 슬픈 파도 나 울리고

어두워진 물결에
불용不容의 부는 바람
몸부림치다 함께 잠든 바다

내 인생 반평생
기다림의 시간뿐이었네

추억

우리 젊은 날

호롱불 켜놓고 나란히 앉아

두 손을 잡고 꿈을 키웠었지

한 치 앞도 알 수 없는

고단한 인생길

흘러 버린 그 시절이지만

젊은 희망 가득했던 우리 사랑

천년 낙엽이 억 겹 쌓이면

우리 그곳에서 만날 수 있으리

그대 지금 내 곁에 없어도

그림처럼 기억에 새겨져

그 추억들 꽃잎처럼 피어나

나 항상 그대 향기에 젖어

살고 있네

가족

인생을 살아가며
우리는 가족을 만들기 위해
많은 공을 들인다.
세상 모든 것이 그렇듯
더러는 위선과 거짓으로 가려지고
인륜이 맺어져 천륜으로 이어지는 가족이
희생과 고통의 시간이 되기도 한다.

사랑으로 맺은 귀한 인연은

슬픔의 늪이 되는 사연도 있어

주는 기쁨 내 몸같이 인내 못 하고

가족이 싫어하는 말과 행동들

나쁜 인연 자신이 만들고 누굴 탓하리

서로 만들어가는 소중함을 잊고 사네.

미안한 마음

봄이 왔네

무채색 앞산에

진달래꽃 솟아오르고

기약 없이 떠난 님

기다리는 마음

엄동설한

눈 녹는 줄 모르고 흐르는 세월

어제같이 만나는 꿈에서

나 홀로 잠들고 있었나 봐

어리석은 그대

미안한 마음 들 때

비로소 철이 든 거라 생각하오

인생은 태풍 속 바람

한눈팔 시간 없네

나 다시 그 말 듣고 싶지 않으오

그대는 미안만 하다 죽으리

인생 말년이 빛나리

사람 사는 세상은 참으로 험난해

욕심으로 가득한 탐관오리들

잡아가라 고발하니

포졸들 왈 曰 '예, 초록은 동색同色이요' 하니

어쩌다 우리나라 이리되었는가?

귀를 막고 하늘만 보며 살고 싶네.

모진 세월 푸르게

척박한 바위산 틈새에서도

곧은 솔 나무 같은 영웅들 다 어디 갔나?

탐관오리와 포졸들

무슨 염치로 하늘에 복을 빌며

부처와 예수를 찾는 걸까?

두 손에 움켜쥔 한 손 풀어놓으면

인생 말년이 평온할 것을…

그들의 몰락한 미래가 보이네.

본인들은 유유자적하면서 나누고 잘 쓸 줄 모르는 관료가 국민을 괴롭힌다. 자신은 비록 넉넉하지 못한 생활이지만 정직하게 재물을 분배할 줄 알아야 관료 자격이 있다. 율곡은 벼슬에서 물러나 생활이 궁핍하여 대장간에서 삼 년간 머슴살이를 한 적이 있었는데, 이를 안타깝게 여긴 관아에 있는 친구가 쌀 한가마를 보내주었다. 율곡은 관아의 쌀은 백성들의 피땀 흘린 곡물이라며 받지 못한다고 돌려보냈다. 이런 율곡을 본받지는 못해도 관료들이 국민 혈세를 낭비한다면, 부족한 상식과 경험을 터득해 낭비를 막아야 한다. 이조차도 이해를 못해 반복 설명해야 하는 일부 관료들을 보니 왜 공자가 학문이 많은 사람보다 상식이 많은 사람을 더 우대했는지 이해가 된다.

여름에 피는 꽃

여름에 짓푸른 나무 사이 하얀 꽃으로 피어

나뭇잎 우거진 초록의 수림

더욱 빛나게 하는 이팝나무

화려한 향기도 아닌 정결한 꽃송이

풍년과 흉년을 알리는

신비스런 나무라 하였노라

청렴한 선비 같고

언제나 나 아닌 그들을 배려하는

착한 여인 같아

이팝나무 앞에 서면

내 마음은

한없이 고귀해지네

겨울 그리고 봄

어느새 겨울이 왔네
코트를 여미어 봐도
옷깃에 스미는 찬바람
서산 노을마저 설다.

인적없는 창 너머
눈길 고요한 산장에
나 홀로 그대 숨결만
느껴진 시간들
강물처럼 흘러 흘러
기쁘고 눈물 없던
추억 속 그날

다시 봄을 기다리지만
눈 오는 겨울날
봄은 아득하구나.

숲으로 날아와

강산이 변한 세월

기다림의 시간 버리고

새처럼 날아

소나무 숲으로 왔다.

찬란한 태양이 빛나고

꽃과 나비 숲이 가득한 이곳에

자유로운 내 삶이 평온하리

눈에서 멀어진 사랑은

그림자 같아

봄의 꽃향기보다 못하였네.

치과의사

우리 가족 치료해 준 의사

매우 고마운 마음만 가득했었다.

내게 고행의 시간 선물한 의사들

십 년이 지난 지금도 그곳에 가면

쓰디쓴 인내의 기억 내 일상에서

문득 스치며 가슴 저린다.

날으는 새소리에도 눈물 흐르던 절망

밤이 되면 하얗게 세운

그 고통의 기억 지울 수 있도록

별들이 반짝이는 밤하늘에 내 기도

끔찍했던 얼굴

원래의 피부로 신은 축복을 주셨고

질못한 그는 시괴도 없이

오늘도 하나님 노래 부르겠지

히포크라테스 정신은 바람에 연기

그는 욕심으로 가득한 소인이었다.

늦은 귀향

솔처럼 향기로운 그대
봄 같은 사랑의 손길로
언제나 내 등을 쓰다듬어 주었다.

그는 이유 없이 소식을 끊어
나는 그 마음속 알 수 없어
하염없이 울었다.

그의 부재는 차디찬 세월
녹지 않는 마음 늙어버리고
다시 따스한 봄의 손길처럼
내 손을 잡아 주지만

너무 늦은 귀향

그날의 따듯함

느낄 수가 없었다.

시간은 행운의 신

때를 놓치면 운명은 바뀐다.

좋은 인생

편한 마음으로 가시오

보내는 시간 늦어지면

회한의 날들 될 것 같아

나 그대 보내고

뜨거운 눈물 흘려도

가는 사람 붙잡은들

예전처럼 믿음의 사랑은

샘 솟지 않으리

먼 훗날

후회한다는 말

전해 들으면

이별의 아픔

선택한 우리지만

미움 없이 행복을 빌며

이렇게 사는 것도

좋은 인생입니다.

사월의 비

꽃이 만개한 사월
비 내리는 길로
그는 무슨 사연으로
하얀 목련 꽃잎 밟으며
떠나가야만 했나?

바람같이 다시 오길 바라는 마음
비 내리는 하늘이 무심타
꽃잎은 빗물에 흐느끼며 흐르고
떠난 그는 소식조차 없어
강산이 변한 세월
아직도 나 그를 기다렸으나
이제 흰눈이 멈추는 날
기억마저 지우고 싶어진다.

마음 잃은 사랑은 땅에 떨어진

낙엽 같은 것이었다.

인생은 술래

AI가 말하고
많은 것이 새로워
옛 거리 들어서면
마치 술래처럼
변화된 거리를 헤맨다.

인생도 술래처럼
이기고 지고 속이고
개인주의 시대
변해버린 일상들
사람에 지쳐 산에 오르면
언제 보아도 푸르고 이야기 많은 산
모든 게 놓아지는 차분한 차경借景이
다른 세계로 온 듯 평온하다.

사람이 사람을 괴롭히는

세상 되어가니

사람도 감성 없는 AI가 될까 염려스럽다.

배려가 낯선 이 시대

인형의 소굴 같고 인간의 존엄성이

무시되는 현실이 될까 두려워진다.

내 마음의 꽃

동쪽 하늘로 비행기 날아간다.

테라스에 활짝 핀 프리지아꽃

네 방에 놓으며

내 마음의 꽃을 보내노라

지금 어느 하늘 날아가는지?

아들아 창 너머 구름을 보라

노란 프리지아꽃들 상상해

둥둥 떠 있을 거야

생각을 쉬고 꽃향기 느끼며

잠을 청해 보라

널 위해 내 잠까지

하늘로 보내려나

뒤돌아보니

계절이 바뀌어도 나의 꿈은

하늘에 뜬 구름처럼 맴돌고

한 생을 그들이 편한 돌보미로

앉으나 서나 잠자는 시간마저도

편치 못했던 삶, 사랑 하나로

고단함도 잊고 살았네.

그들은 지금 내 곁을 하나둘 떠나고

기다림에 목마른 나를 슬프게 한다.

뒤돌아보니

내 어머니도 같은 삶이었으니

어머니의 삶은 외로운 희생이었다.

그 길은 빈손

하늘만 보며 우거진 나무

수많은 꽃과 함께

겨울이 오면

소리 없이 흙 속에 잠든다.

티 없는 하늘에 구름만 무심히

욕망 가득 모은 것들

그 길 갈 때는 빈손

백 년 살기 힘든 우리

백 년 가는 무덤 얼마일까

말 없는 높은 하늘

편안히 바라볼 수 있는 자가

천상에 오르리

우리는 그날을

잎새 떨어진 벌거숭이 나무들

곧은 나무에 칭칭 감긴

볼품없는 침엽수

밤새 내린 눈꽃

신비스런 하얀 나무와

다른 사악한 그들

비단옷에 양심 팔고

달 없는 밤 오만傲慢 속 비리의 구정물

단술에 잠겨, 날 새는 줄 몰라

붉게 오른 태양 앞에 실체 드러나

나락의 신세 되는 날

우리 그날을 기다리고 있다.

부부

천지에 그치지 않는 비는 없다 했다.

그런데 그는 날마다
가슴 젖는 비만 내리게 한다.

강산이 몇 번 바뀐 세월도 변하지 않아
이제는 그의 곁을 떠나야겠다.

부부는 헤어지면 남만 못하다는
남이라는 글자가
나에게도 올 수 있다는 게 부부의 인생이다.

내가 너를 믿게 해주는 것

그것이 사랑이요 부부의 관계다.

그녀의 인연은 한 생을 다 산 후인데도

남이란 글자를 새기고 떠나갔다.

고을선

고운 마음으로 헤아려 살아가면

고단한 삶이 힘겹다 해도

한 발 쉬어가니 착한 생각만 가득해

욕심 많고 부정적인 자에게

선은 무의미하리라

고을선이란 좋은 일 행하는

마음속에만 있는 것이다.

좋은 말

금전이나 물질로

남을 도울 수 없다면

좋은 말로 기쁘게 하라

자신도 행복해지고

듣는이 감사하고

생각이 올바르니

남의 조상도 나를 도와준다는

옛말이 있다.

말

세상을 함께 살아가는 우리

말을 할 수 있는 축복 받은 사람

좋은 말, 나쁜 말, 말 많은 인간사

덕이 되는 섬세한 말

가시 같은 말로 좋은 운도 내치고

약속한 말 뒤집고

국민 혈세 먹는 정치인,

장사치들 또한 이곳저곳 거짓말투성이

교활하게 변한 마음 나쁜 씨앗 되어

천 냥 같은 말 그 인격 땅에 떨어져

주워 담지 못할 말

신뢰와 믿음으로 덕을 짓는 말로

너 복 받으니 나도 행복하리

인생은 연극

하늘이 빛나고 초록이 흐르는 이곳은

우리가 사랑을 맹세했었지

이미 지나버린 날들이지만

최고의 그 시절에 나를 가두고

복잡한 세상 속 저렇게 살고 싶지 않아

꽃피고 열매가 숨 쉬는 여기

이렇게 살아가니 나 외롭지 않네

자연에서 행복을 느끼는 동안

생각 없이 흘러만 가는 무심한 세월

연극 같은 인생 모두 다 흙이 돼

겨울 낙엽처럼 묻힐 것을

고달픈 삶 이겨낸 나를 품어

남은 날들 편안함에 기대어 보리

오리 한 쌍

봄이 다시 오시네

연둣빛 잎새들 나뭇가지마다

무성하니 바람까지 훈풍이네

강가에 홀로 물 위에 얼비친

내 모습 잔주름만 여울지니

흐르는 물소리 가는 세월 같아

강물 위에 오리 한 쌍 다정도 해라

떠나가신 님이

내 곁에 있는 듯 나도 행복하네

고독

하늘 가리운 6월의 숲 사이로

새어 들어오는 천상의 빛

고요하고 신선한 산속 나 홀로

들꽃 향기에 내 마음 평온하고

이 고독을 사랑하노라.

고독한 시간은 글을 쓸 여유를 주고

세월의 진리를 깨닫게 하여

사람이 외로운 순간

자신을 돌아보는 소중한 시간이지만

쉽게 이런 시간 허락받지 못했던 삶

황혼이 되니 자연히 오누나.

정화하는 온화함 속에 글을 쓰며

준비하는 시간 되어가고

누구도 의지하지 않고 해하지 않았던

그 세월이 홀가분하다.

만일 내가

만일 내가 그날이 오면

두려워할 널 생각하니

잠 못 드는 밤이 길어진다.

홀로 남을 네 안위가 염려되어

밤하늘의 별님께 기도하지

지구에서 삶의 무게에 힘들어

눈물 흘릴 때 너는 언제나

꿈과 희망의 등불이었지

먼저 온 나 조금 먼저 가는 길

울지 말고 고통받지 말라

뒤돌아보면 안 된다 하니

가장 빛나는 큰 별로 날아올라

곱이곱이 널 지키는 나 있으리

하늘에서 땅에서

우리는 언제나 서로에게 수호신

따뜻한 봄날

나무와 꽃들의 아름다운 향기

그때 긴 겨울 같은 미운 마음

함박눈 녹아내리듯 나무 내음에 젖어

그들을 이해하는 생각

깊어지며 반짝거리는 모든 것

시간이 흐르고 해가 바뀌니

억울했던 메마른 가슴에

신비롭게 움트는 예쁜 잎새들 보며

심원의 마음속 미소가 새어 나오네.

자연의 나무와 꽃들 숨결이

지금 나에게 용서의 선물이어라.

황혼 I

어느덧 11월 마지막 날, 산 오르니

세월과 바람, 비에 밀리어

누런 잎새의 또 다른 향기

가슴 깊이 울린 생을 마친 나뭇잎

서산 노을까지 서러워지누나.

인생 끝자락 회한의 아쉬운 아픈 시간

아직도 저들은 아집과 위선으로

죽는 날 가까워도 채워 가려만 하네.

인생은 나그네 잠시 머물다

덧없는 세월에 지는 꽃잎처럼

흙으로 돌아가는 존재일 뿐

사람 몸 죽어지면 곰삭은 낙엽만큼도

이 땅에 유익하지 못하네.

개만 못한 사람들

사람으로 태어난 고행의 인생사

상식을 벗 삼고 사는 우리

무지한 사람들이 기막힌 처세

어찌 사람이거늘

위선으로 약한 사람 울리는가

죽어도 해선 안 될 짓도

당당해 부끄럼도 없다.

어제는 부처 같은 스님을 뵈었고

오늘 정오에는 전날과 다른 중놈을 보고

해 질 무렵 개만 못한 인간을 보니

드높은 하늘 붉게 저무는 석양

더럽고 추한 것들 태워 버리고 싶다.

눈 덮인 설산은 더없이 깨끗해

인간 세상 많은 것이 변질되어

우리를 통곡케 하니

살아있는 생은 구름 같고

역사는 영원하니 죄인 되지 말라

천상의 세계와 영혼의 천국, 이승에서

자신이 만들어 놓고 가노라.

겨울

도심 속 산마을

새소리도 없이 고요하다.

참새도 까치도 덤불 속에

동장군을 피해 숨어있나?

벌거숭이 나무들 휘어지고 부러져

힘있게 굽어 오른 고목 솔에 기댄

가냘픈 나뭇가지들

긴 겨울 밤낮을

봄에 틔울 잎새와 꽃들 위해

눈 덮인 땅속에서 고통스런 겨울도

쉬지 않고 일하며 약속한 그날

눈 속 노란 복수초 피어나고

매화꽃 봉우리 촛불처럼 움트니

사람보다 더 은혜로워

그러므로 나무는 우주라 하였노라.

꽃길은 열리고

이미 지나간 시간들이었지만
그때 삶이 너무도 힘겨워
세월조차 녹여 버리는 것처럼
외롭고 고단했다.

인내와 절실한 노력, 참을 새기니
꽃길도 열리고 열매도 매어 달려
보이지 않는 그 누가 보고 있는 듯
고진감래한 인생에게
공평하게 신은 행운을 베풀어 주었고
그러므로 진정한 운명은 내 안에 있다.

사람들은 누구나 행운이 자신에게 오길 원한다. 그 행운의 귀인은 우리 곁에 아주 귀하게 일생에 두어 번 온다. 천성이 고운 사람은 그 행운을 놓치는 일이 없다. 귀인은 진실한 선행을 보면 반드시 아주 큰 것을 돌려주는 공이 큰 보살이지만, 인간들은 대부분 욕심 때문에 작은 것을 차지하려다 아주 큰 것을 보지 못해 귀인의 복을 쳐낸다.

사람은 무의식적인 일상에서 천성이 나온다. 지금 내 지친 몸과 힘든 처지를 알고 채워주려는 사람이 있다면 그 사람이 귀인일 수도 있다. 자신이 처해 있는 환경이 고난 속에 있을지라도 늘 옳은 일을 행하려는 마음이면 그 행운의 귀인은 스스로 온다 하였다.

어머니의 아들

널 보기만 해도 나는 행복했다.

무엇이 너의 심성을 해쳐 놓았더냐

네가 지금 가는 길은 어둠의 긴 터널

빛이 있는 넓은 길로 널 위해

내 목숨까지 바치고 싶다.

정화수 맑은 물 하얀 촛불은

밤하늘에 무정히 흘러가는 구름 속

엄마의 눈물일 뿐

이제야 회한의 눈물 흘리는

아들 보니 자식은 애물이다.

다음 생에 여자로 태어난다면

진정코 승려가 되리

노력하지 않는 자에게 축복은 없었다.

너희는 아느냐?

나는 알고 있다 나의 미래를

너희는 아느냐 너의 미래를?

너희는 모를 거야

양심을 선택한 사람들을

하얗게 날 새워 만든 기술

황금에 눈이 어두워

악랄한 매국 행위를 한 너희

유구히 흐르는 역사 속에서

너의 미래는 고통의 씨앗

살아온 길은 살아갈 길 말해준다.

기술은 나라 지키는 국방이다.

나 꽃이 되니

그리워 보고픈 마음은

고요한 이 밤에 별처럼 반짝이고

아득히 먼 그날들 어제같이 생생해

예쁜 추억 은혜의 기억은

가슴에 새기고

나쁜 추억 미움은

세월에 씻기어 나비 되어 날아가

이해하는 마음 나 꽃이 되니

세상인심 모두가 변해도

이유나 조건 없이

하늘은 언제든 말하고

볼 수 있는 마음속 거울

탐욕에 갇힌 인간들

하늘 보며 깨우치는 날 있길 빌어 본다.

동심초 II

라일락꽃이 필 때 떠난 님

낙엽이 지는데 소식도 없네.

기약 없는 기다림에

그리움, 미움으로

찬 서리 외로운 하얀 들국화

내 마음같이 피고 지누나.

서산 붉은 노을 내 가슴 녹여 주어

나무 끝에 낙엽 한 잎 덧없는 세월아!

님 기다리던 소나무에 산까치

해 저무니 홀로 날아가네.

우주같이

이른 봄부터 바람과 비, 태양은

푸른 수목을 탄생시키기 위해

서로 약속이나 한 듯 희생과 고통

함께하고 눈부신 숲과 꽃으로

빛나는 세상을 선물하네.

산속에 들꽃 하얀 삼백초

자신의 몸을 태워 꽃을 피우는

눈물겨운 배려심

사람도 원하는 세상이

삼백초꽃같이 살아갈 날

지금은 비록 좀비들이 날뛰지만

신비로운 수미산 우주 중에 으뜸이오니

천년 되기 전에 우주의 천국이 되리라.

타락해진 세상

만물을 다스리는 인간 중에

배타적이고 이기심과 물욕으로

가득한 사람들

세계는 타락해져 가는 듯

염치없는 전생의 뻐꾸기가

인간 탈 쓰고 환생하여

공감 능력 없는 사람이 되었으리

짐승보다 못한 인간들도

섞여 사는 녹록지 않은 인간 세상

각자 아픔이 있고

천차만별 부류가 나뉘어져

이승은 고해라 말하였노라

믿음으로

밤새 내린 비는 고운 숲을 이루고

세상 모든 꽃이 아름답듯

사람들도 자연 속 식물처럼

배신 없는 믿음으로

그 향기가 천지에 오르도록

서로 공존하며 살아가면 좋겠네.

사람이 사람을 못 믿는 혼탁한 사회

창공은 푸르고 깨끗해

저 맑은 곳에

나 새처럼

날아오르고 싶네.

안식

윤윤창창한 우거진 숲

초록빛에 영글지 않은 벼 이파리

폭염을 안고 고행의 시간 흘러

오곡 백화 무르익었네.

고통의 결실 사람들에 내어주니

이 대지의 경이로움을

어찌 사랑하지 않을 수 있을까!

가을 풍경 속에서 안식과

행복을 고요히 느낄 수 있어

소중한 이 계절에 감사하노라

가을은 어머니 품속 같고

인품 좋은 스승 같아라

공功

처서 지난 벼는 해님이 보고 싶은데
눈치 없는 비는 몇 날을 내린다.

해님이 이기적인 비구름 밀어내니
벼는 황금빛 옷으로 갈아입고
고마운 해님께 고개 숙여 절하시네.

사람이 자연의 법칙 깨닫지 못해
배려와 헤아림의 귀인貴人 은혜
위선과 거짓으로 보답하니

인과응보의 뜻을 새긴다면

조금은 벼를 닮으리

어리석은 자 그 공을 모르니

주는 자 공덕으로 되돌아가리

초심 初心

사람같이 시시때때로 마음이 변하는
감정의 동물은 세상에 없을지어라

처음처럼 한결같은 마음으로
끝까지 초심을 잃지 않은 사람
내 부모님과 아들 외 만난 적이 없어

이게 사람 사는 세상일지 몰라도
그때마다 사회의 비열한 환멸
베란다에서 이십오 년 키운
동백나무와 벗처럼 말하고 사랑한다.

그래도 가물에 콩 나듯

군자는 있었다.

초심 잃은 마음

복은 멀어지고 미래는 없으리

헤아림에 무심해

가족과 화목하지 못한 사람이 많아지고
상식이 무너져 가고 있다.

가족이란 존재만으로 축복인데
믿는 마음에 그 깊은 인연 소홀해

자신이 만든 가족
나 바뀌면 행복은 따라오는 것
너 아닌 내가 되면 편한 것을
배려에 인색하고 헤아림에 무심해

가족은 서로가 수호신 마음이면
미움 없는 사랑만 남으리

자식도 겉만 알지 그 속을 모르는데

그대 깊은 마음 내 어찌 다 알리

무상한 인생 쏜살같이 흘러

백발 되어가는 내 모습에

해 저문 하늘에 노을마저 슬퍼지네.

땅에 묻히리

자연은
하늘이 정해 놓은 날

한 치도 어김없이 잎새 떨어져
가로 등불 아래 밟혀 부서지고
나무는 시들어 죽어도
곰삭은 향기마저 가슴 적신다.

깊은 밤 고요한 적막 속 이 향기
인생 번뇌의 끝을 느낀다.

그날이 언제인지 한 치도 모른
우리도 땅에 묻히리

수치

사람이기에
수치와 법을 아니
옷을 입는다.

사람인 그들은
괴물로 변해 간다.

인간의 양심도 버리고

무지한 처세
죽어서도 따라가니
나 아닌 너를 배려하면
딕은 공이 되어 오지만

선의로 부득이한 경우가 아니면
사람을 속이기 위한 거짓은
자신을 버리는 행위다.

소인

다가올 미래 밤새 안녕도 몰라

지금이 이렇게 소중한데
더 가지려 불태우는 소인들
동물은 하나 얻는 것에 만족해

사람이 정녕
동물보다 못하단 말인가

어리석은 자여 푸른 숲길

한나절만 걸어보면 모든 물질이

무의미하다는 것을 깨우치리

소인은 늘 자신만 본다.

수상개화 水上開花

짙은 해무海霧
내려앉은 산허리
신선이 숨어 있는 듯
푸른 맑음은 하늘 같다.

땅에 사는 인간들
수상개화 만발하는 세상 만들고
그래도 귀인은 곳곳에 있네.

새처럼 먹으며

백세 군자도 사는데

지푸라기 한 점 손에 못 잡고

먼지같이 사라지는 인생

모두 내려놓고 자연 같이 살다

참의 길로 가시리오.

나비 되어

봄이 오면
실가지도 춤을 춘다.

생기 넘치는 패랭이꽃
정열의 제비꽃
절개의 천일홍
밟혀도 쓰러지지 않는 파초 위에
노오란 생강꽃

향기가 코끝을 스치니
기다림에 잠들던 내 슬픔
꽃내음 채우고
가는 세월에 늙어버린 나

이제 그대 흔적 지우며
나비 되어 날아가리

착한 백로

아직 겨울인 이월二月의 깊은 밤
낙숫물 소리 들리는 세찬 빗소리
내 안의 너와 이야기 나눈다.

까마귀가 나 백로라 소리치는 세상
줄기차게 내린 빗물에 흘러갈 그들
착한 백로야!
그 무리에게
밟히지 말고 굴하지 말라.

빛나는 아침
태양은 떠오르고
까마귀들 속에
깨끗한 백로는 없었다.

타국

타국의 거리도 사람도 낯설어

오직 밤하늘 별들만이 내 고향

고독한 어둠 속에 그대 생각하며

만상의 세상을 나 홀로 가야만 하네.

힘겨워 고달픈 이 순간도

그날을 온전히 기약하며

인동초 같은 쓰디쓴 인내여

비바람에 밀린 십 년 세월이

비로소 축복으로 오롯이 빛나니

노력은 내 마음속의 스승이었다.

바람

그대

바람 같은 나그네

실체 없는 꿈에서도

당신은

늘 바람 속에 서 있어요.

그래도 밤이 되면

고독한 내 삶 기다리던 그때가

그리워지는 나이 되고

지난밤 꿈에 미안해한 당신

말하고 싶었지만 못하고 깨어나

밤하늘 별들의 사랑처럼

퇴색하지 않는 그곳에서

당신 행복하길 빌어주고 싶어요.

용서란 기쁨의 시작이었다.

황혼 Ⅱ

세월이
이리도 빠른가요?

그대 떠나고
나 홀로 남은 날
엊그제 같은데
나 이제 온전히
황혼의 길에
흠뻑 물들어
무심한 세월만
야속타 하지요.

고달프고 힘든

삶의 무게도

훌씨 날아오르듯

가벼워진 황혼

추억에 조각들이

허공 속으로

날아가네요.